The Adventure of my Seven Lives

BY

ALBERT TORÉS

First printed, Lexington, KY, 2019,
Ed. La Ovejita
Reprinted 2020,
Ed. Cabaret Voltaire

Translation©, Mo Malone, 2019
Photograph©, Lorenzo Hernández, 2019

ISBN: 9798616345417

THE ADVENTURE OF MY SEVEN LIVES

A simultaneous tribute to Blaise Cendrars

A man is a man for that exactly, because he has consciousness and he has it because he has memory.

Max Aub *Field of almond trees*

I was content, lolling in my mother's womb,
    oblivious to the winds and blizzards
    and   all the conflicts that calmed
to witness my growth.

    That was when I decided to be a poet.

Perhaps that's why I received
a double baptism,
Priest's tears and those of the sick
and   despite everything, contrary
to all dictated by post-war science,
I decided to cry or live.
In any case, its all the same.

The running paradoxes came later,
sometimes infuriated, forever immortal.

    Boris Pasternak, celebrated
for *Dr. Zhivago*, was awarded
        the Nobel Prize,
but was forced to decline
by the authorities of his homeland.

The rebel army tide, commander
Che Guevara at its helm,
headed to Havana amongst
Cuban chants and poems by Neruda.

Hope has always held a mutant colour.

    He won the Tour de France,
the Hammer and Sickle hidden
in the rocket at the moon landing.

From the moon in times
of superstition,
because Buñuel gave magical
forms to magic itself.
He destroyed statuettes and flashes
in the fictional town of Cannes.
As if not enough, on board
El Azor, Franco the leader
fished for sleepy whales
amongst the captivating
Cantabrian waters.

Hope delves likewise
in the New Orleans dives

as in the luxurious mansions
of the Côte d'Azur.

Greats like Lester Young died
alongside the voice of jazz.
Sordidness, pettiness, blue smoke haze,
coins strewn on the floors of Harlem's clubs.
This music had never been more essential.

Only Eleanora Fagan of Baltimore's legacy
permits us a glimpse of past history
of an entire continent.

Billie Holiday passed away filled with sadness,
possessed by heroine,
in a gloomy New York hospital,
And the watching lyrics cried,
and their composers cried, resonating
the unfairness.

Now Count Basie's orchestra sounds
with the extinguished voice of its most
> beautiful star
and the hidden face of the moon.

> So I existed in a fragile space
and exiled the year
and decided to be a poet.
But on reading Camus, Albert Camus,
> I immediately desisted.

Hope follows a path
> of mixed flavours.
> I'd longed to participate
> in The Resistance,
> to have been the author
> of *La Peste* or *L'étranger* and,

on the day of my death to have
them laid with me
on my car's back seat,
a savable manuscript: *The First Man.*

My first steps given
with the awkwardness that defines me
and Boris Pasternak, they would line up,
    Soviet writer status confirmed.

I shall win the fifth cup, I believe
    the convincing scoreboard:
7 to 3 in front of Frankfurt's Eintracht.
My son tugged my sleeve
and I remember that I shall also win
the World Cup at 5 to 1.

At 3440 km/hour we gorged

the pills

and fearful to abandon

the old metropolis,

perhaps transcend the speed

                      of sound threefold.

We stopped at the Palau de la Musica

to witness the Apollo project

      more closely,

      but met the first

alimentary intoxications en masse.

The margarine departed and the Dutch

      suffered.

We later understood the fearful tale like

Russian Roulette.

Hope now has the colour Magenta
        of your shoes
and the brilliant crystalline
        of your inquisitive eyes.

We are in 1961.
The genius Swiss poet Blaise Cendrars
sits upon a wooden bench
in front of the Unesco building.
Chain-smoking, his arm unmoving,
his gaze lost
in the web of bygone times.
We are neighbours in Rue José María de Herédia in Paris.
His expression is beautiful from wisdom and courage.

At times he caresses my head
with his left hand and once told me:
"You will change the image
    of the Grand Prize
    of Parisian Literature".
I handed him my sticker collection,
        my sincere affection
and my most extensive admiration
    in the form of the original piece
    I had written in his honour.
Entitled, *The Adventure of my Seven Lives*.
He held it to his attentive and profound
eyes to read.

"*From many inks of blue we came*
that serious trains are fragile games
at times. It adds life and later remains
less spirited than a new genre. So colourful.

They add life, happy sex, the precise word,
the whole body rhythmic, sleepy, in time.
You know?,
adolescent and awkward, the drunken bastard
who descended to the sewer
with absolute fascination
for its people, for its literature.

Tell me bastard, are we already far
from ambiguity or your leather crown?

Our road is long Teresa.
Those who wished to buy the house took measurements,
their heartbeats brothers, their bones silver twins. Searching
for gold with modern fevers. The tigers
drink skimmed milk. The owners

are in crisis.-The world also!-
you scream. "But calm down Teresa".

Tell me bastard, are we already far
from ambiguity or your leather crown?

We remain on Teresa's route.
The poets battle for an earthen throne,
to appear privileged by beginning
to produce thoughts,
proposals and proclamations.
-The poets, poets, the poets-
And the publicity? That is food!
"Don't be angry Teresa
for we are scoundrels of good and
the caresses interest us, not their structures".

*Tell me bastard, are we already far
from ambiguity or your leather crown?*

*We lack the final stretch,
since errors are multiplied in series,
history saw torrents of false times.
The poem ignores its time in history.*

*The princesses are attacked in Paris,
in Roman Holiday, in all truth.*

*-No one is free from the random violence,
because the lament must have rank?
"Come Teresa, for Juan is a balm
for all. We request your reading".*

Tell me bastard, are we already far
from ambiguity or your leather crown?

We have arrived. The road is long.
The sound of the zip can seem,
or better, be the exact same as
that of the flies, can generate
the most complete certainty
and absolute confusion,
it can be heard in the cinema
and also in fitting rooms with their
rancid odours or exquisite perfumes.
-It could happen to you distrustful reader
or to the most radical saint!-

"Verily Teresa, forgive the neglect".

Tell me bastard, are we already far
from ambiguity or your leather crown?
It will be complicated to arrive at the end.
Only a handful of rebels reached
the final. There's lots of fear,
lots of unrequited love, illusion
that passes for victory.

-Put value on brave shit-

"I know your rage speaks for you Teresa,
but don't lose faith in belief".

Tell me bastard, are we already far
from ambiguity or your leather crown?

We may have never surpassed your limits.
Perhaps you always lived with us.
Probably ambiguity is constant destiny.
matter that moves shapes and depth:
Pablo in Valeria, good, Valeria in Pablo,
or Teresa who can be called
Albert Torés. So now you know.
Of ambiguity or its leather crown
we only need to feel".

    I think he approves.
Though I remain with all his writings, fibrous,
exciting, intense, passionate.

Buñuel returns amidst what feels
    like scandal

and spits us another film to taste.
    Platinum blond
who claims to be Viridiana.

    Barça lost the European Cup
to Benefica of Lisbon
its memory conjures the miserable
examples of walls, embarrassments
    and pains of blood and fire.
We are not besieged by the ashen states
but by the last torments of their fruits:
    The utopia
around the highly visible billboard
    on the corner
of Fifth Avenue and Central Park and,
the Empire State Building
an unmistakable witness.

Now flying
at 5832 km/hour.

Now I enter
the generation of limits,the territory
of limits,
the bridges of limits, in the same life
since all the limits.

Now I am
a test pilt and I make an appointment
with Johnny Walker, pure malt reserve.
In the powerful state of inebriation
I denounce
 the Communist Party.

    Hope is camouflaged
and tries the heroic nibbles
        of the afternoon.

    With a rain of confetti
    we celebrate the arrival
of artistic and experimental cinema.

    Jeanne Moreau created love
for Jules and Jim
    at the time Truffaut designed
a Malaga street like a Venician canal.

Carmen. Maria Del Carmen wracks
        her eyes temperamentally.
Two months premature say the adults.

I also hear the Official State Bulletin
        published a decree,
something such as an order
and mandate,
equating the labour rights of women
        to those of men.
How much cynicism the writing
contains if not arrested
by the reflective passion for cash,
            for coinage.

I equally hear The Beatles are destined
to revolutionize the world
        of contemporary popular music.
I always preferred the Rolling Stones
and there is nobody like
Jim Morrison of The Doors.

The universal causes are hidden,
too often, by prudence.
I don't wish to blame the indiscreet
doubt of its fragile delay
but we possess a bad deal
of caution and perjury.
The sea is not always wild
and destructive,
does not always respond with disaster,
luckily, on occasion, sanity writes
and speaks
when it is fixed in our existences.

Finally, in April 1962, Buñuel's Viridiana
debuts,
after an 8 month ban.

Death of Harlequin fetched a record
price in the London basements,
30,000 pounds above any of the era,
efforts and possibilities sacrificed.

Damn! Benfica are proclaimed
      European champions
      for the second time.
They defeated Madrid five-three
and in only one inconsistency.

          I search for you
in the shadows to plant the ambiguous
in such continuing the secret garden.

Planting terror the waters strike
all the land and the desolation

will overthrow
councils and rulers, men and women,
by means of mud.
Probably, only the place known
as Yoknapatawpha will survive,
while the sculptured figure of Marilyn takes a plane
to New York defying all poetic
constriction and licence.
She received 5.000 love letters weekly.
Millions of dreams were located
in a treasured frame
of Norma Jean Baker.

For my part, I acquired no memories
of the armies of Laos

       although I danced 'til dawn
celebrating Algeria's independence.
Independence is a method of liberating
and in such, a passage to leave the
       silence,
the darkness and the languages
       that are not ours.

    At that time,
Amnesty International burst to life.
    Peter Benenson
    and Sean MacBride
    presented
    the open statutes
       to all men
of good volition.

I remember very well,
because in Paris, Geneva and Rome
they protested against military
repression in Spain.

I remember very well
because in Argentina
tanks were mobilized to the streets.

I remember very well
because a young Berliner
named Peter Fechter bled to death on
the barbed-wire of Checkpoint Charlie.

I remember very well
because China and India
brawled over a fucking line of division.

The MacMahon line,
2,000 km of muddy terrain, discredited and crumbled.

I remember,
because Julio Cortázar gave us *Rayuela*,
because Heinrich Bóll enlightened us
with *The Clown*,
because the creator of the novel on behavior
wrapped the Nobel Prize for Literature in brown paper.

"*Sustained brilliance, complete credibility
and vividness, striking, dramatic*",
wrote the literary leaders about
The Wayward Bus.

  I remember

 because my friend

  Jesús Hilario Tundidor was greatly encouraged by the Adonais Prize.

  The next year another of my friends, Félix Grande,

 added music, fervor and effervescence to the written word.

  I also remember

 because I returned to Rome

 in order to assist Dolores Ibarruri

at the Italian Communist Party Congress.

  Hope, in certain lights, promotes the free decision

  of providence.

For those who monitored vigilantly
our indelible dreams,
    the years of our lives became unhappy
and the many mirrors
    revealed the tyrannical cracks
    and a terrible distrust in humanity.
    How much the person knows who loves
especially!

    Saudi Arabia, in a gesture of love, unequivocal
    and tangible, abolished slavery in its kingdom.
    To be the last country to tolerate
        this inexplicable state,
shows definitively that the legal and the royal
are two different pistols.

Meanwhile in Geneva, a propitious scenario of contradiction,

the Kremlin and the White House form a line of direct communication.

Since then, the red telephones were manufactured in series

and to cross passport control in an airport is a serious

and inconclusive ritual, uncompensated, trivial and otherwise globalized.

Fuck, if the revolutions were only peaceful!

How I cried at the funeral of Georges Braque!

I also wept

when a young officer of the Soviet army, Valentina Tereshkova,

    was reported in the press as being

    the first woman in space.

    The first, gigantic interplanetary orgasm or evidence of a dreamscape.

    I now fall into the tale

    You know I board

    the train from Glasgow in Man on the Bridge?

    Perhaps the audacity of modernity

        in the most classic style

    of Wild

        West showdowns

        fascinated me so much.

2,631,884 pounds sterling-Scotland Yard said-

    And hope formulates the transgressed boundaries
    like the fruit of passion taken in bite sized pieces.

    Later a type of ministry for information and tourism
    declared to us: "Spain is different".
I had to run,
    take refuge in the cinema, soak
in Irma la Douce and The Birds.
    To drink tequilas and dry martinis with Billy Wilder and Alfred Hitchcock.

A stroke of luck allowed me to share a table with Jack Lemmon, Shirley Maclaine, Tippi Hedren and Rod Taylor.

Then I wanted to be a poet, policeman, hero, prostitute,

kleptomaniac, makeup artist,
I wanted to be the world, in short.

Succumbing to this mania gives work to science.

Edith Piaf,

Luis Cernuda,

Carmen Amaya

and Jean Cocteau

and the complete crime movie

of John Fitzgerald Kennedy.

Hope, at times, follows the tomb of the Gods,
    when men kneel in search of only one image.

    To this Tristan Tzara wrote his epitaph on Christmas Eve,
    when all the twilights accompany Dada from the most
    insolent beauty of the era.

    So, I wanted to be a poet
    but Sonny Liston fell spectacularly from grace
    by the fists of arrogance.
    Cassius Clay
shouted to me from the corner

and the ink with which I write

    is always firmly respectful.

    Spring arrived and with her

  four hairy Liverpudlians

who questioned

    all that was raw and cooked.

      Claude Levi Strauss, meanwhile,

danced The Twist

    With Marguerite Duras with whom I

did not know love.

    I apologize, I do not remember it.

  Nor do I have the effort.

The Abbot of Montserrat, enclosed

        in his space

 declared in the Parisian newspaper *Le Monde*,
 that its reports are of strawberries and nettles.
 His phrase is well worth quoting:
"Without authentic freedom there is no justice
 and that is what is happening in Spain.
  We do not have it after 25 years of peace
 25 years after victory".

 Madrid were once again proclaimed league Champions
 while the waters of Jordan were shackled like stars
 to the Negev dessert.

Hope boards a train
>	with adolescent discount
> searching for the city
>	of 1,001 bell towers.

Me, I ogled the panties of Marie Claire,
the mini skirts of Mary Quant
>		and Maria,
a beautiful Portuguese girl
whose whispered words were lost to my ears.

My generation was without consciousness,
>	orphaned and sad
>		that would become
the goal of Marcelina to Yashin:
>	"Rivilla advances, Rivilla kicks and
Marcelino heads,

even hope gets turned around,

    now and then, reappearing in distant harmony,

it intertwined with the roots of fire

and settled under cover of the St. Petersburg railway lines-

mythical game- until Brighton- terminal in white, black and quadraphonic-

on board a Soviet vessel,

    Latvia,

I seem to remember,

    Maurice Thorez,

French Communist Party leader,

fell victim to a cardiac crisis.

I know this perfectly,
because from July 12th, 1964,

  all Hispanic-French police, public
and secret, asked me:
    What is your name son?
    Where does your father work?

  Thank God, Anquetil won his fifth
Tour de France.
    Finally I could cry tranquilly
at the pre-school doors.
    That Summer I was portrayed riding
      on a metal donkey in Malaga's
main park.

Later I protested about the habitual repression,
      the centuries old tradition,
      the information censorship,
     to the institutional disdain.

In every case, the mystery or ministry
of information and tourism ingratiated

Nikita Khrushchev's misfortune
 with baths of sun and the nobles
met in Athens.

It did not matter to me, my birthday came about,
 my fifth, and, I learned
to read in French.

 "Constantine of Greece
 has married Princess
 Anne-Marie of Denmark".

The press added the note;
"Not for political compromise,
> but as an act of love".

    I followed the communication without understanding.

    Today I still write love poems without real protagonists.

    Better that Sartre was awarded the Nobel Prize.

    It was thought, at least it was written,

> that dialogue between man and culture should be developed outside of institutions.

Hope is punctually instantaneous,
it nourishes tenderness
in the strict awareness of deception,
constructing colossal suspension bridges
and trampling those who dared to dream last night.

Martin Luther King fought peacefully.
He did well to receive the Nobel Prize.

Allow me to now salute
all forms of poetry and criticism,
to pay homage to the confused gods

and medieval gentlemen challenged by hope,
        amazed by a leather arrow,
              a red leather arrow.

    Permit me
        to breathe the greatness
            of Manhattan,
  embark me upon the forgetfulness
of the night,
        on the scores of silent films,
      in the trenches of the suspicious
embrace.

      The world's greatest suspension
bridge joins Brooklyn to Staten Island,
    from your navel to the throat
of pleasure.

      I wanted not to grow but to be a poet,

         so I subtracted a car from the corner

of Las Ramblas and San Pablo

              to assist me in the pretend funeral

of Sir Winston Churchill.

      I saw the coffin as no more

than a picture of St. Paul's Cathedral

which treks the globe.

      I did not see it, because I had walls

of fear

that recur with every sea crossing,

              every attempt at the streets,

          each slow and feverish passing

of incense.

No need to remind you that honey can be

> the most avid evil when dawn comes.

Perhaps the useless tender kiss, later can
become more ornately exquisite, in postcards,

> Christmases spent, semi-dark places in the corners of history.

> Yes I said: 20 cars are stolen daily in Barcelona.

> Meanwhile, in London, the man born in St. Louis was buried,

> who learned of Missouri in Harvard and the Sorbonne,

where is installed the thesis in front of the red undergarments of the bourgeoises.

In London the man was buried who was poet,
>   he who sank roots in the classics
>   and in the depths of aesthetics.
>   He who gave us *Murder in the Cathedral*,
The Family Reunion, *The Confidential Clerk*,
The Waste Land, *Use of Poetry and use of Criticism*.
>   T.S.Eliot who attended the Nobel
ceremony and collected his prize.

Now you see, among fragments of wood
>   strangely sculpted by the furious
tide,

I serenely expose the shells of my past,
that, well viewed, is all we have.

Grief can be prolonged without glory
 or luxury like the pleadings
            of a never-attended child,
            like a forest of animated voices
                        that
disappear despite their pretension
            of unbreakable material in jars
of memories.

A glossy history that wished recognition as a
new form of poetry.
            Hope ended with Malcolm X,
shot dead in a bowling alley off Broadway,

  while arguing for civil rights
of the black population.

  The ultimate paradox is our habit
of not being absolute.
   So, those of us who laugh
with Laurel and Hardy, cry for poverty,
   their pathetic leaps
toward displacement,
   we cry for a world grey
and paralyzed in mid hemisphere.
      Discontented
and nonconforming, we had to continue
existing,
  the Colorado river contaminated
Mexican crops

    and the American air-force napalmed all Vietnam,

    although the objective -apparently- was to defend freedom.

    Occasionally I cannot.

In such cases, I pursue the noisy heels that tear at the city,

    kisses come against the corners of the Iroquois,

    exuberantly fighting
against every lament in the toilets,
against each syringe painting times of corpses,

I pursue the elapse of poems written in hiding,

I close doors and windows to inflame
the new origins
    and creaks, close symmetries, shades
evident of the remoteness that I challenge,
        day after day, like another hope.

    Remember Helena Rubinstein?
        That famous French
makeup artist and beautician with
        Russian nationality.
Her mud face packs rejuvenated skin,
    Paris and its suburbs confirmed
with rosy-smiled billboards.
        Her beautiful name,
I shall repeat it because it is poetry:
        Helena Rubinstein.

   Blond, in that era, was the future
for Autumnal dolls.
    Suddenly, all the fog
that withered between the curtains
    and the planting of texts, sped
      without ceremony
to a substantial proposition.

Around my tummy, in front of the mirror,
    the moon began its dance
to announce the eclipses in priesthood.

    Another line of modernity
breaks through in this year of 1965:
The hysteria at the bullring ticket office:
  The hairy Beatles took over our unrest.

But I confess: the seven minutes
of "Satisfaction"
saved me more genuinely.
I. I melted
in tears every night. I wanted to learn
the language
and understand it
but the cruelty visited me
every morning at the school gate.

This portrait says it all.
Luckily Cassius Clay retained
his title as world champion.

He knocked Liston out in the first round
and with that he recouped black dignity.

But yes, they remember with certainty.
The professors Aranguren, García Calvo
and Tierno Galván were expelled
from the sanctimonious university,
        guilty of inciting a few students
                to subversive actions,
as if the idea would disappear with the ax.

With the racial revolts,
around
        all of bloody Los Angeles,
        the spark to be a poet was ignited.

Boris Pasternak (we spoke of him)
                was taken as hostage
so David Lean could roll *Dr. Zhivago*
on Spanish soil.

If I remember right in the spaces
of my good friend
Belén Molina.

I wanted to be a poet
because I do not accept the inequality
of opportunities,
because president Johnson requested
on August 4th, 1965,
1,7000 million dollars to reform the imagery
and military machinery
in Vietnam,
because on the 18th of the same month
of the same year,
the constitution of Guatemala declared
communism illegal,

       because glaciers on dams collapse
and hundreds of workers die
and Switzerland remains intact,
       because the perfumery
of emptiness, activates time
with slow enigmas and investigations
in discouragement,
       because I think random snippets,
some ports of irony and a group of angels lost
and enrolling
       scared in writing workshops.

       I even wanted to be a poet,
       because her gracious Majesty
Queen Elizabeth 11, Queen of Great Britain
and Northern Ireland,

head of the Commonwealth of Nations
condecorated the aforementioned Beatles
    as Members of the British Empire.

  I suppose, I wanted to be a poet
    because Che Guevara carried
on fighting,
    resigning from political office
and unambiguous addresses;
    because Sofia Loren,
who everyone loved, married in secret
      the producer
Carlo Ponti, because they did it in Mexico
and the marriage wasn't recognized in Italy
under accusation of bigamy,
    because they took French
 nationality,

  because reality always surpasses cinema;

  because Workers Commissions published a programmatic manifesto "The Future of Syndicalism in Ten Basic Points",

  because it was an illegal syndicate and therefore authentic;

  because it was prohibited to pay tribute to Antonio Machado;

  because Buster Keaton never smiled;

  because verse was (not) free,

  because Kerouac and Ginsberg spoke the language of flowers;

  because Ellington and Fitzgerald held the first jazz festival in Barcelona;

   because a Soviet spacecraft
landed on Venus.

   Hope. Always now hope lives
in the flannel suits of recluses who decide
   to solder iron bars, repair iron bunks,
   temper iron keys. The big transatlantics
are equally loaded with iron.

   We all seem to expect the word.
That of Fidel Castro,
that of Leonidas Brezhnev
   at the 23rd congress of the C.P.S.U.,
that of commander William Westmoreland
   who announced the Christmas ceasefire
in Vietnam,
that of the knife edge in concession for Oslo,

that of the brown girls and the bearded redheads.

On the contrary, we want to be banished from adventurous avenues.

Hope is poetry of speed,
of the bustle of confusion.

For this reason, on board Spirit of America
a guy called Craig Bedleve and myself traveled
by rocket propelled engine
and reached a speed of 966.77 km/hour.

The Royal Academy of Spanish Language changed to accept new words: moon-landing, audiovisual, historicism.

I return once again to my starting points.

LA AVENTURA DE MIS SIETE VIDAS

Homenaje a Blaise Cendrars

El hombre lo es precisamente por eso, porque tiene conciencia y la tiene porque tiene memoria.

Max Aub *Campo de los almendros*

Estaba muy feliz en el vientre de mi madre.
     No conocía ni vientos
ni nevadas ásperas
     y todos los conflictos
reducíanse a verme crecer.

   Entonces fue cuando quise ser poeta.

  Tal vez por ello nací con bautismo
doble,
lágrimas del sacerdote y de las enfermeras
    y,
  a pesar de todo,
   contra todo dictado
de la ciencia de posguerra, decidí llorar
o vivir, que para el caso es lo mismo.

Luego también nacieron las paradojas corrientes, iracundas a veces, inmortales siempre.

Boris Pasternak, celebrado por *El doctor Jivago*

recibía un Nobel que las autoridades de su patria forzaban al rechazo.

La columna del ejército rebelde
con el comandante Che Guevara a la cabeza
se dirigía hacia La Habana entre cánticos cubanos
y poemas de Neruda.

La esperanza siempre ha tenido un color mutante.

Se ganó el Tour, la hoz y el martillo
camuflados en un cohete alcanzaron
la superficie de la Luna.
    De la Luna en fechas
para la superstición porque Buñuel
que dio
    formas de magia
      a la propia magia,
arrasó estatuillas y destellos en la ficticia
ciudad de Cannes.

  Por si fuera poco,
      a bordo del Azor,
el caudillo Franco pesca cachalotes
medio adormecidos
entre las aguas cautivadoras del Cantábrico.

La esperanza se adentra por igual
en los tugurios de Nueva Orleáns que en las
lujosas mansiones
de la Côte d´Azur.

También fallecieron jazzmen como
Lester Young
así como la voz del jazz.

Sordidez, mezquindad,
perlas de humo azul y algunas monedas
rodando
por los suelos de los clubs de Harlem.

Nunca esa música había sido tan esencial.

Sólo la frase de Eleanora Fagan de Baltimore
nos permitió ver la historia pasada de todo un continente.

Billie Hollyday fallecía repleta de tristeza,

poseída por la heroína
y con un hombre vestido de negro custodiando su cama

en un lúgubre hospital de Nueva York para que no se fugara.

Y, viéndose el texto llorar, también sus autores

lloraban frente a las resonancias de la desventura.

Ahora suena la orquesta de Count Basie
con la voz apagada de su estrella
más hermosa y la cara oculta de la Luna.

Así pasó en espacio frágil y desterrado
el año en que abrí los ojos al mundo
                y quise ser poeta.
Pero leyendo a Camus,
        Albert Camus,
                desistí de inmediato.

        La esperanza sigue la senda
de los sabores mestizos.

        Hubiese querido participar
en La Resistencia,

haber sido autor de *La peste* o *L´étranger*
y el día de mi muerte haber llevado conmigo
en el asiento trasero de mi coche,
   un manuscrito salvable: *El primer hombre.*

Daba mis primeros pasos con la torpeza
que me define
y Boris Pasternak, que apareció líneas arriba,
fenece ahora como escritor soviético.

Se ganó la quinta, creo que por un
contundente marcador:
7 a 3 frente al Eintracht de Frankfurt.
Mi hijo me tira de la manga
y me recuerda que también ganó el Mundial
al Peñarol de Montevideo
por cinco a uno.

A 3440 kilómetros por hora,
  nos atiborramos
de píldoras y temerosos
  de abandonar antiguas metrópolis,
    quizá
traspasar la velocidad del sonido por tres,
nos hicimos detener en el Palau de la Música
para conocer el proyecto Apolo
de más cerca,
      pero conocimos
  las primeras intoxicaciones alimentarias
en masa.   Fue la margarina y la padecieron
los neerlandeses.

Después ya conocen la historia
    tan escalofriante como una ruleta rusa.

La esperanza ya tenía el color magenta
de tus zapatos
y el brillo cristalino de tus ojos inquietos.

Estamos en 1961.
El genial poeta suizo Blaise Cendrars
está sentado
en un banco de madera frente al edificio
de la Unesco.
Fuma sin cesar,
no mueve el brazo
y tiene la mirada
perdida en las redes de los pretéritos.
Somos vecinos en la calle José María
de Herédia de París.
Su rostro es hermoso por sabiduría y coraje.

A veces, me acariciaba la cabeza
con su mano izquierda y una vez me dijo:
"Te cambio la calcomanía por el Gran Premio
de Literatura de París".

    Le entregué mi colección de adhesivos,
mi afecto sincero
y mi admiración más extensa
          en forma de original que escribí
en su honor.
Lo titulo *La aventura de mis siete vidas*.
Mas lo leo ante sus atentos y profundos ojos.

*   "De tantas tintas azules venimos*
que los trenes serios son juegos frágiles
de tarde en tarde. Se suma la vida
y después se resta sin más espíritu
que un nuevo género. De coloridos.

Se suman la vida, el sexo dichoso,
la palabra precisa, todo cuerpo
con ritmo, con sueño, con tiempo, ¿sabes?,
adolescente y torpe, muy borracho
el cabrón que desciende a las cloacas
tan absolutamente fascinado
por sus gentes, por sus literaturas.

¿Dime cabrón, estamos ya muy lejos
de lo ambiguo o su corona de cuero?

Nos queda largo camino Teresa.
Los que quieren comprar la casa se aman
a medias, sus latidos son hermanos,
sus huesos gemelos en plata. Buscan
oro con fiebres modernas. Los tigres
beben leche desnatada. Los dueños
están en crisis. -¡El mundo también!-
gritaste. "Pero cálmate Teresa".

¿Dime cabrón estamos ya muy lejos
de lo ambiguo o su corona de cuero?

Todavía queda ruta Teresa.
Los poetas pelean por un trono
de barro, al parecer privilegio
por principio para reproducir
pensamientos, propuestas y proclamas.
-¡Los poetas, poetas, los poetas!
¿y la publicidad? ¡eso es comida!-
"No te enfades Teresa pues nosotros
somos golfos de bien y las caricias
nos interesan, no sus estructuras".

¿Dime cabrón, estamos ya muy lejos
de lo ambiguo o su corona de cuero?

Falta un trecho de goma de finales,
ya que los errores se multiplican
en serie, la historia viste a raudales
de falsos tiempos. El poema ignora
a su vez a la historia.

Las princesas son atacadas en París, en Roma
de vacaciones, en plena verdad.

-Nadie está libre del azar violento,
¿por qué el lamento ha de tener rango?

"-Venga Teresa que Juan es un bálsamo
para todos. Pidamos su lectura-".

¿Dime cabrón estamos ya muy lejos
de lo ambiguo o su corona de cuero?

No hemos llegado. Es mucha carretera.
El sonido de cremallera puede
parecerse, o mejor, exactamente
es el mismo al de la bragueta, puede
generar la más completa certeza
y la más absoluta confusión,
puede oírse en el cine y también
en los probadores de olores rancios
o perfumes exquisitos. -¡Podría
sucederte a ti lector desconfiado
o bien a la santa más radical!-

"-Cierto Teresa, perdona el olvido-".

*¿Dime cabrón estamos ya muy lejos
de lo ambiguo o su corona de cuero?*

*Será complicado llegar a término.
Sólo un puñado de rebeldes llegan
hasta el final. Hay tanto miedo, tanto
amor que no se reconoce, tanta
quimera que pasa como victoria.
-¡Valiente mierda de valores pones!-*

*"-Sé que tu rabia habla por ti, Teresa,
pero no desafíes la Creencia-".*

*¿Dime cabrón estamos ya muy lejos
de lo ambiguo o su corona de cuero?*

*Tal vez nunca hayamos traspasado
sus límites. Tal vez haya vivido
siempre con nosotros. Probablemente
lo ambiguo sea destino constante,
materia que muda formas y fondo:
Pablo en Valeria, bien, Valeria en Pablo,*

*o Teresa que podrías llamarte
Alberto Torés. Así que ya lo sabes.
De lo ambiguo o su corona de cuero
tan sólo necesitamos sentir".*

    Creo que lo aprueba.
Aunque yo me quedo con toda su escritura, fibrosa,
emocionante, intensa, apasionada.

    Buñuel regresa en medio de lo que se siente como escándalo
y nos espeta otra película para el gusto. Rubia platino
que dice ser Viridiana.
El Barça perdió la Copa de Europa ante el Benfica de Lisboa

  y con su memoria los miserables
ejemplos
  de muros, vergüenzas y penas a sangre
y fuego.

   No son los estados en ceniza
 lo que asediamos
   sino el postrero tormento de sus frutos:
      La utopía
sobre un cartel anunciador bien visible
     en el Cruce
de la Quinta Avenida
   con Central Park y,
     el Empire State
como testigo inconfundible.

Ahora vuelo
a 5832 kilómetros por hora.

Ahora entro en la generación límite,
en el territorio límite, en los puentes límite,
en la misma vida desde todos sus límites.

Ahora soy piloto de pruebas
y me hago citar
       por John Walker, puro de malta
en la reserva.
En el estado poderoso de la embriaguez declaro
       fuera de ley al Partido Comunista.

La esperanza se trasviste e intenta
los heroicos mordiscos de la mediatarde.

Con una lluvia de confetis celebra la llegada
de los cines de arte y ensayo.

    Jeanne Moreau se hace querer
                      por Jules y Jim
al tiempo que Truffaut
        diseña una calle de Málaga
            como canal veneciano.

    Carmen. María del Carmen
resquebraja sus ojos tempranamente.
    Dos meses antes dicen los adultos.

    También escucho que el BOE
acaba de publicar un decreto,
    algo así como un ordeno y mando,

equiparando los derechos laborales de la mujer con los del hombre.

¡

Cuánto cinismo encierra la escritura si no es arrestada
por la reflexionada pasión de lo efectivo,
$\qquad\qquad$ de lo metálico.

Escucho igualmente que Los Beatles están destinados
a revolucionar el mundo de la música popular contemporánea.

Siempre preferí a los Rolling Stones
$\qquad$ y como Jim Morrison de Los Doors
$\qquad\qquad$ no hay nadie.

Las causas universales se ven cubiertas, demasiadas veces,
por la prudencia.

    No quiero culpar a la indiscreta duda
de su frágil demora pero poseemos un mal reparto de cautelas y de perjuras.

    No siempre el mar es desasosiego y naufragio, no siempre responde el desastre,
por suerte,

    en ocasiones escribe y habla cordura cuando se fija en nuestras existencias.

    Al fin, se estrena en Abril del 62, Viridiana de Buñuel,

    tras 8 meses de prohibición.

       La muerte de Arlequín tuvo
precio en los sótanos londinenses
mas 30.000 libras de la época sacrificaron
esfuerzos y posibilidades.

       ¡Maldita sea, el Benfica de Lisboa
se proclama campeón de europa
por segunda vez.
       Bate al Real de Madrid por cinco a tres

       y en una sola inconstancia te busco
en la penumbra para plantear lo ambiguo
tal fuese jardín continuo del secreto.

       Sembrando terrores las aguas golpean
las tierras enteras y a modo de barro
                           la desolación

va derrocando consejos y juntas,
               hombres y mujeres.

   Probablemente, sólo sobreviva el
condado de Yoknapatawpha,
si bien la escultural figura de Marilyn
tomando el avión
                    para Nueva York
arrincona sin más a cualquier licencia métrica.
   5000 cartas de amor recibía por semana.
Millones de sueños se ubicaron
en un célebre fotograma
                    de Norma Jean Baker.

         Por mi parte, no lograba acuerdos
sobre los ejércitos de Laos

aunque bailé hasta la madrugada celebrando
la independencia de Argelia.

    La independencia es un modo
de liberarse
y por ello, un pasillo para salir del silencio,
     la oscuridad y lenguajes
que no son los nuestros.

    Por esos días, prorrumpió
Amnistía Internacional.
Peter Benenson y Sean Mac Bride presentaron
los estatutos abiertos a todos los hombres de
buena voluntad.

    Lo recuerdo muy bien,
porque en París, Ginebra y Roma

se manifestaban contra las represiones
ejercidas en España.
    Lo recuerdo muy bien
porque en Argentina
   salieron los tanques a la calle.
    Lo recuerdo muy bien
porque un joven berlinés
apellidado Peter Fechter moría desangrado
en las alambradas del Muro.
    Lo recuerdo muy bien
porque La China y La India
andaban a la gresca por una puta línea
de división.
    La línea Mac Mahon
de 2000 km^2 de parcelas de fango, descréditos
y migajas.

Lo recuerdo,
porque Julio Cortázar nos
entregó *Rayuela*,
porque Heinrich Böll nos colmó
con *Ansichten eines Clowns*,
porque el creador de la novela
del comportamiento
envolvió en papel estraza el Premio Nobel
de Literatura.
Sustained brilliance, complete credibility
and vividness, striking, dramatic,
habían escrito los dirigentes de la lectura
a propósito
de *The wayward bus*.
Lo recuerdo
porque mi amigo Jesús Hilario
Tundidor

  se animó un montón con el Premio Adonais.
  Al año siguiente otro amigo, Félix Grande,
puso música, fervor y efervescencia a la letra escrita.
  Y también lo recuerdo porque volví a Roma
  para asistir al lado de Pasionaria
en el Congreso del Partido Comunista Italiano.

  La esperanza, a luces ciertas,
 se promociona en la libre decisión
   de las providencias.

De aquellas vigiladas penetrantes
que tuve en sueños indelebles,
los años de nuestras vidas
se tornaron desdichados y los espejos varios
mostraron roturas tiranas
y una terrible desconfianza en el hombre.

¡Cuánto sabe la persona que especialmente ama!

Arabia Saudí en un gesto de amor, inequívoco
y tangible, puso fin a la esclavitud en sus dominios.
Ser el último país en tolerar ese inexplicable estado,

da por definitivo

    que lo legal y lo real son dos pistolas distintas,

    que lo propuesto y lo cumplido también son dos pistolas distintas.

    Mientras en Ginebra, escenario propicio de la contradicción,
Kremlin y Casa Blanca forman una raya de comunicación directa.

    Desde entonces, los teléfonos rojos
se fabrican en serie
y cruzar la puerta de embarque
en un aeropuerto es ritual breve
e inconcluso, descompensado, trivial y por lo demás globalizador.

¡Joder, si hasta las revoluciones son pacíficas!

    ¡Cuánto lloré en el entierro de Georges Braque! También lo hice
cuando la joven oficial del ejército soviético, Valentina Tereshkova,
fue escrita en prensa como la primera mujer volando al espacio.
El primer y gigantesco orgasmo interplanetario
o le evidencia de un paisaje onírico.

Ahora que caigo en la cuenta
                      ¿Sabes que ya abordé
el tren de Glasgow en *El hombre del puente*?

Tuvo que ser la audacia de la modernidad

al estilo más clásico de los asaltos
en el Lejano Oeste
lo que tanto me fascinara.
2.631.884 libras esterlinas, -dice Scotland Yard-.

Y la esperanza se reformula
en los lindes transgredidos
como fruta de la pasión tomada a mordiscos.

Después un tipo del Ministerio de Información y Turismo
nos aclaró: "Spain is different".
Tuve que salir corriendo,
refugiarme en una sala de cine,
empaparme de Irma La Dulce y de Los Pájaros.

Beber tequilas y dry martinis con Billy Wilder y Alfred Hitchcock.

Un golpe de suerte me permitió compartir mesa con Jack Lemmon,
Shirley Mac Lane, Tippi Hedren y Rod Taylor.

Entonces, quise ser poeta, gendarme, héroe, prostituta, cleptómana, maquillador,
quise ser mundo, en definitiva.

Esa manía de sucumbir por dar trabajo a la ciencia.
Edith Piaf, Luis Cernuda, Carmen Amaya y Jean Cocteau y toda la película
del crimen de John Fitzgerald Kennedy.

La esperanza, a veces, sigue al féretro
de los dioses,
cuando los hombres se arrodillan buscando
una sola imagen.

A esto que Tristan Tzara nos escribe
su epitafio en vísperas de Navidad,
cuando todos los crepúsculos
acompañaron a Dadá desde la más insolente
belleza de entonces.

Entonces, quise ser poeta
pero Sonny Liston cayó fulminado
por los puños de la arrogancia.
Cassius Clay
me gritó desde la esquina y siempre la tinta
con la que escribo es firmemente respetuosa.

Llegaba la primavera y con ella
cuatro melenudos de Liverpool
que cuestionaban todo lo crudo y cocido.

Claude LéviStrauss, mientras, bailaba el twist
con Marguerite Duras a quien no supe amar.

Lo siento. No lo recuerdo.
Ni siquiera haré el esfuerzo.

El abad de Montserrat, cuadrado en su espacio
declara en el rotativo parisino *Le Monde*,
que su crónica es de fresas y ortigas.
Su frase bien merece el entrecomillado:
"donde no hay libertad auténtica no hay justicia,

y esto es lo que pasa en España. No tenemos tras nosotros 25 años de paz sino 25 años de victoria".

Pero el Madrid volvía a proclamarse campeón de liga,
        entre tanto las aguas del Jordán
se encadenaban como estrellas
        hacia el desierto de Negev

Cuando la esperanza se subió a un tren
con descuento para adolescente,
buscando la ciudad de los 1001 campanarios.

Yo, yo me pirraba por los pantys Marie Claire,
la minifalda de Mary Quant y María,

                    una hermosa portuguesa
que me susurraba palabras desconocidas
a mi oído.

   No era consciente de mi generación,
                              huérfana
                              y triste
que acabaría siendo la del gol de Marcelino
a Yashin:
"Amancio a Rivilla, Rivilla centra y de cabeza
remata Marcelino,

           aunque la esperanza iba de culo,
de tarde en tarde,
reapareciendo en distante armonía,
se entrelazaba con las raíces del fuego
y terminaba por cubrir la línea ferroviaria

de San Petersburgo —partida de mitos-
hasta Brighton —terminal en blanco, negro
y cuadrafónico-.

A bordo de un buque soviético,
el Latvia, me
parece recordar,
Maurice Thorez, presidente del partido
comunista francés,
caía merced a una crisis cardíaca.

Lo sé perfectamente,
porque desde el 12 de Julio de 1964,
toda la policía hispano-francesa, pública
o secreta, me preguntaba
¿Cómo te llamas hijo?
¿Dónde trabaja tu padre?

Gracias a Dios, Anquetil ganó el quinto tour.

    Al fin, podía llorar tranquilamente
a las puertas de la escuela maternal.
    Ese verano me retrataron montado
a lomos
de un burro de metal
en pleno parque de Málaga.

    Luego se protestó por la habitual
represión, tradición de siglos y de siglos,
        por la censura informativa,
        por el desdén institucional.
En todo caso, el misterio o ministerio
de información y turismo se congraciaba
      de las desgracias de Nikita Kruschev

con baños de sol y de nobles reunidos en Atenas.

No me importó, ya que fue el día
de mi cumpleaños,
el quinto,
    y,
        aprendí a leer en lengua francesa.

Constantino de Grecia se casa
con la princesa Ana María de Dinamarca.
Añade la nota de prensa,
"-no como compromiso político sino como acto de amor"-.

Seguía sin entender el comunicado.

    Todavía hoy escribo poemas de amor
       sin protagonistas
       de verdad.

Menos mal que Sartre rechazó el Nobel.

    Pensaba, al menos eso escribía,
que el diálogo entre el hombre y la cultura
debía desarrollarse fuera de las instituciones.

        La esperanza puntualmente
es instantánea,
se nutre de ternura en la estricta conciencia
del engaño,
construye puentes colgantes colosales
y pisotea a rajatabla a quienes anoche
tuvieron un sueño.

Luther King luchaba pacíficamente.
Hizo bien en recoger su Nobel.

    Déjenme ahora saludar
a todas las formas de la poesía y de la crítica,
al homenaje que confundieron dioses
      y caballeros medievales desafiados
por la esperanza,
asombrada en una flecha de cuero,
      en una flecha de cuero rojo.

    Déjenme respirar la grandeza
de Manhattan,
embarcarme en los olvidos de la noche,
en aquellas puntuaciones de películas mudas,
en las trincheras del abrazo recelado.

       El mayor puente colgante
del mundo
va de Brooklyn
a
Staten Island,
de tu ombligo a la garganta del placer.

    No quería crecer pero quise ser poeta,
así que sustraje un coche en la esquina
de Las Ramblas con San Pablo
    porque presumía asistir al entierro
de Sir Winston Churchil.
    Ni tan siquiera vi el féretro por más que
la estampa
        de Saint Paul´s Catedral rastreara
todo el globo.

No lo vi, porque había murallas
de miedo que recorrían cada instante de los mares,
    cada entendimiento de las calles,
    cada lento y febril paso de ceniza.
No hace falta que les recuerde que la miel
puede ser ávida maldad cuando llega el alba.

    Quizá la ternura bese inútil,
                luego la pido
más adornada que nunca, en tarjetas postales,
navideños envíos, sitios casi oscuros de trozos
de historia.

    Ya se lo dije: 20 coches son robados
a diario en Barcelona.

Al tiempo, en Londres, entierran
al hombre nacido en Saint-Louis,
a quien de Missouri aprendió
en Harvard y en La Sorbona,
donde estallan las tesis frente
a los rojos sujetadores
de rubias burguesas.
Entierran en Londres al hombre que fue poeta,
al hombre que hundió raíces en los clásicos
y en las profundidades de la estética.
Al hombre de *Asesinato en la catedral, Reunión de familia, El empleado de confianza, La tierra yerma, Función de la poesía y la crítica,*
al hombre Eliot que fue Nobel y recogió su Premio.

       Ya lo ven, sobre estos fragmentos de madera
extrañamente esculpidos por una marea furiosa,
expongo serenamente las conchas de mi pasado,
   que,
      bien mirado,
          es lo único que tenemos.

      Un desconsuelo que se prolonga
sin gloria ni lujo
como una petición de niño jamás atendida,
como bosque de voces anónimas
   que desaparecerán pese a su pretensión
de materia irrompible
       en frascos de recuerdos.

Una glosa histórica que quisiera reconocer como nueva forma de poesía.

La esperanza terminó con Malcom X,
asesinado a tiros en una bolera cercana
a Broadway,
donde se discutían derechos para la población negra.

El colmo de la paradoja es su costumbre
por no hacernos absolutos.

Así, los que reímos con Laurel y Hardy,
lloramos su pobreza,
sus patéticos saltos para desplazarse,
lloramos por un mundo gris
       y paralizado en medio hemisferio.

Descontentos y disconformes, tuvimos que seguir cumpliendo años,
mas el río Colorado destruía las cosechas mejicanas
y la aviación norteamericana lanzaba Napalm contra todo Vietnam,
aunque el objetivo —era al parecer- defender la libertad.

En ocasiones no puedo.

En tal caso, persigo los sonoros tacones
que rasgan la ciudad,
vienen de besos contra las esquinas
      de los iroqueses,
luchan exuberantes contra todo lamento
       en los retretes,

   contra toda jeringa pintando tiempos
de cadáveres,
los persigo por el transcurrir
de poemas escritos a escondidas.
  Cierro puertas y ventanas para inflamar
de nuevo orígenes
y crujidos, estrechas simetrías, sombras
       evidentes
de la lejanía que retomo,
   hoy por hoy,
     como otra esperanza.

  ¿Se acuerdan de Helena Rubinstein?
Aquella famosa cosmetóloga y esteticista
francesa de nacionalidad rusa.
     Sus mascarillas de barro
rejuvenecían las pieles,

París y sus afueras afirmaban
          carteles de sonrisas derramadas.
    Su nombre hermoso,
lo repito porque es poesía:
              Helena Rubinstein.

    De rubio, desde aquella época,
fue el devenir de las muñecas
de otoño.
    De súbito, de toda niebla
que se marchita
    entre las cortinas
y
    las siembras de los textos, apresé
sin contemplaciones a una sustancial
    preposición.

Sobre mi vientre, frente al espejo,
la luna inicia su danza para anunciar
los eclipses en sacerdocio.

Otra línea de modernidad irrumpe
en este año de 1965:

La histeria en la plaza de toros de las Ventas:
Los escarabajos melenudos
    se adueñaron de nuestro desasosiego.
Pero lo confieso:
los siete minutos de "Satisfaction"
me hicieron más genuinamente salvaje.
Yo.
    Yo me deshacía
en lágrimas cada noche.

Quería aprender la lengua y la aprendí
pero la crueldad me visitaba cada mañana
                a las puertas del colegio.
        Este retrato lo dice todo.

        Menos mal que Cassius Clay conservó
su título de campeón del mundo. Mandó
a Liston a la lona en el primer asalto
y con ello se recuperaba la dignidad
de los negros.

        Que sí, que se acuerdan con certeza.
Los catedráticos Aranguren, García Calvo
y Tierno Galván
fueron expulsados de la santa universidad,
culpados de incitar a los pocos estudiantes
                a subversivas acciones,

como si la idea desapareciera con el hacha.

Con los revueltos raciales,
sobre todo
los muy sangrientos de Los Angeles,
se provocó la chispa y quise ser poeta.

Boris Pasternak (ya hemos hablado de él) fue tomado como rehén para que David Lean rodara "Doctor Jivago" en tierras españolas.
Si no recuerdo mal en los espacios de mi buena amiga
Belén Molina.

Quise ser poeta
porque no admito la desigualdad de oportunidades,

porque el presidente Johnson ya
pidió el 4 de agosto de 1965,
1700 millones de dólares para reforzar la
imaginería y maquinaria militares en Vietnam,
porque el 18 del mismo mes
y del mismo año,
la constitución de Guatemala declaró
fuera de ley el comunismo,
porque se hunden glaciares
sobre presas y fallecen centenares de obreros
y Suiza permanece incólume,
porque en la perfumería
del vacío, se activa el tiempo
con lentos enigmas y pesquisas en desánimo,
porque pienso dedos azarosos,
algunos puertos
de ironía y un grupo de ángeles perdidos

   y asustadizos

matriculándose en talleres de escritura.

  Hasta quise ser poeta,
    porque su graciosa Majestad
  Isabel II, reina de Gran Bretaña y del Ulster,
  soberana de la Commonwealth de Naciones
     condecoró a los referidos Beatles
como miembros de la Orden del Imperio Británico.

  Por supuesto, quise ser poeta
    porque Che Guevara
seguía en lucha,
   dimitiendo de cargos políticos
     y direcciones inequívocas;

porque Sofía Loren,
a quien todavía amo, se casó en secreto
con el productor Carlo Ponti,
porque lo hicieron en México
y no se reconoció el matrimonio en Italia
bajo acusación de bigamia,
porque tomaron la nacionalidad
francesa,
porque la realidad siempre supera
al cine;

porque Comisiones Obreras
publicaba un manifiesto programático
El futuro del sindicalismo en diez puntos básicos,
porque era un sindicato ilegal
y por tanto auténtico;

   porque se prohibieron los actos
en homenaje a Machado;
   porque Búster Keaton
nunca sonreía;
   porque el verso (no) era libre,
   porque Kerouac y Ginsberg
hablan el lenguaje de las flores;
   porque Ellington y Fizgerald
hicieron bueno el primer festival de Jazz
en la ciudad condal;
   porque una nave espacial
soviético llegó a Venus.

   La esperanza.
  Siempre la esperanza que ahora vive
en los trajes de franela de unos reclusos
      que se dedican

a soldar barras de hierro, reparar camastros
     de hierro,
templar llaves de hierro.
Los grandes transatlánticos
igualmente se cargan de hierro.

   Todos parecemos esperar la palabra.
 La de Fidel,
  la de Leonidas Brejnev en el XXIII
Congreso del PCUS,
  la del comandante William
Westmoreland
      que anuncia un alto
el fuego por Navidad en Vietnam,
  la de los filos de las navajas
en concesión por Oslo,

la de muchachas morenas y barbudos pelirrojos.

Por el contrario, seremos desterrados
de las avenidas venturosas.

La esperanza es poesía de la velocidad, del bullicio y de la confusión.
Por esta razón, a bordo del vehículo Spirit of American
un tipo llamado Craig Bedleve y yo mismo
fuimos propulsado por un motor cohete
y alcanzamos la velocidad de 966, 57 kilómetros por hora.
A cambio la Real Academia de la Lengua Española acepta nuevos vocablos: alunizar, audiovisual, historicismo.

Vuelvo una vez más a mis puntos de
partida.

Please, don´t forget to visit
https://tores.bandcamp.com/releases
You will find the rap version in spanish of this book .

© *Thank you very much to my readers*

LA AVENTURA DE MIS 7 VIDAS
ALBERT TORÉS

Printed in Great Britain
by Amazon